Primera edición en alemán: 1995 / Primera edición en español: 1995 / Tercera reimpresión: 2002
Coordinador de la colección: Daniel Goldin / Título original: *Ostereier*
© 1995, Editorial J. F. Schreiber GmbH, "Esslinger"; Postfach 2 85, 73703, Esslingen, Alemania / ISBN 3-215-11907-2
D.R. © 1995, FONDO DE CULTURA ECONÓMICA; Carr. Picacho Ajusco 227; México, 14200, D.F. / www.fce.com.mx
Comentarios y sugerencias alaorillafce.com.mx
ISBN 968-16-4866-8
Impreso en Bélgica • Tiraje 7 000 ejemplares

KASPARAVIČIUS
HUEVOS DE PASCUA

Texto de Francisco Segovia

LOS ESPECIALES DE
A la orilla del viento

FONDO DE CULTURA ECONÓMICA
MÉXICO

Es la misma cosa a diario:
cuatro huevos de gallina por uno de dinosaurio.

Lo gigantesco y lo pequeñín
comparten un mismo nido:
huevos de avestruz y colibrí.

Dicen las gallinas que no hay nada
como una familia de huevos de pascua.

Las liebres y los conejos
se dedican a lo mismo:
siempre andan robando huevos.

Donde menos te lo esperas
hay pasiones fut-hueveras.

Unos marinos
muy valientes
descubrieron
el Huevo Continente.

En modas, lo más nuevo
es parecer un huevo.

El deporte típico de los
Juegos Huevímpicos.

Huevos pasados por agua.

Al norte,
muy al norte,
hay un bosque
de huevos:
el huebosque.

Si la cena es de fiesta,
la alegra la huevorquesta.

Lo mejor es escapar,
no correr sino volar.

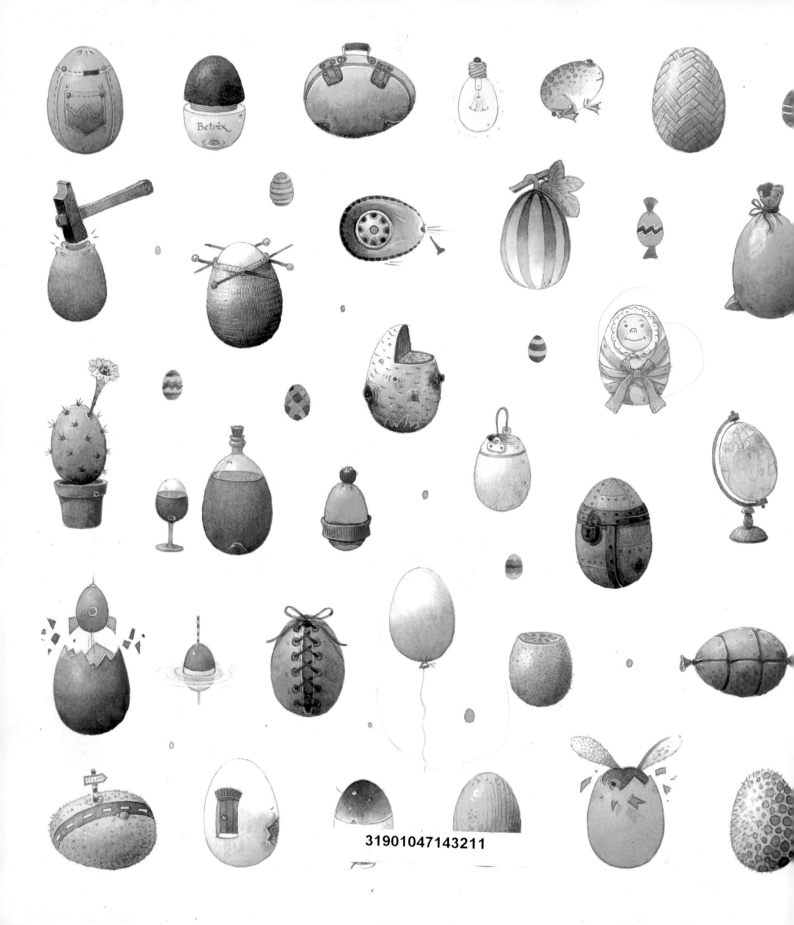

31901047143211